Meurtre sous le lustre de la salle de bal

Un mystère Little Firling – Livre 3

Par Belinda Chavremootoo

Dédicace

Pour chaque chat qui a déjà résolu un mystère tranquillement avant que les humains ne le fassent.

À propos de l'auteur

Belinda écrit de charmants mystères douillets remplis de secrets de bord de mer, de portes de jardin et de chats qui connaissent toujours la vérité. Lorsqu'elle n'est pas en train de comploter des crimes fictifs, on peut la trouver dans son propre jardin où le parfum terreux de la terre et le doux bruissement des feuilles sont l'inspiration. Ses deux chats supervisaient tout avec un jugement tranquille.

Bientôt disponible : Meurtre entre deux coups de pinceau

Un mystère Little Firling – Livre quatre

La retraite artistique d'Annabel et Evie tourne au chaos avec la disparition soudaine de la célèbre artiste Elena Halberd. Au fur et à mesure qu'ils plongent dans le mystère, ils découvrent des secrets : à la recherche d'une broche volée, de carnets de croquis manquants et d'une note énigmatique faisant allusion à une créativité volée. Des rivalités et des tensions cachées font surface. Avec Perséphone la chatte à leurs côtés, chaque indice les rapproche d'une vérité périlleuse, exposant le côté sombre du génie artistique.

Table des matières

Prologue

Little Firling n'avait jamais eu besoin d'aide pour garder des secrets.

Ils vivaient dans la pierre de l'ancien moulin, nichés sous des treillis de roses, nichés dans les seconds scones du pub du Lièvre et le limier. Et lorsque ces secrets devenaient trop lourds à porter, ils avaient tendance à se glisser – à travers des lettres égarées, des objets de famille oubliés ou une mort suspecte occasionnelle.

Pendant le peu de temps qu'elle y a vécu, Annabel Lennox Deighton, professeure de littérature à la retraite et récemment transplantée de Glasgow, avait déjà découvert plus de mystères que la plupart des villageois n'en ont vécus au cours de leur vie. Avec son esprit vif, un carnet bien usé et un chat qui refusait d'être laissé en dehors de quoi que ce soit, elle avait résolu une mort sur les falaises et découvert un trésor enfoui depuis longtemps.

Mais le passé ne reste jamais enfoui longtemps dans Little Firling.

Aujourd'hui, le printemps a apporté des fleurs, des festivités... et un gala qui se terminera par un fracas scintillant.

Parce que dans Little Firling, le meurtre fleurit quand personne ne regarde.

Et Perséphone est toujours à l'affût.

Chapitre 1

C'était le genre de soirée qui vous mettait au défi de cligner des yeux.

Des lanternes brillaient comme des étoiles suspendues au-dessus des jardins d'Everly House, et à l'intérieur, la salle de bal scintillait sous le poids de mille reflets. Miroirs dorés. Marbre poli. Paillettes. Ambition.

L'odeur des lys coupés se mêlait à la cire d'abeille et à quelque chose de légèrement métallique – l'odeur de l'argent, des secrets et des objets de famille qui s'étaient disputés à la cour. Des rideaux de velours étouffaient les rires et les commérages dans une sorte de silence conspirateur, comme si les murs eux-mêmes étaient présents, écoutant attentivement.

Les cordes jouaient doucement et lentement – le genre de musique conçue pour vous faire sentir riche, même si vous ne l'étiez pas. Les lustres scintillaient comme s'ils étaient dans un secret. Et le champagne ? Incroyablement sec et impossible à tenir à jeun.

Annabel Lennox Deighton sirota quand même la sienne. Annabel avait déjà donné des conférences sur la tragédie shakespearienne à l'Université de Glasgow – une carrière marquée par une analyse acérée, un esprit pince-sans-rire et un surnom de professeur qui se traduisait approximativement par « le scalpel de velours ». La retraite n'avait pas émoussé ses instincts. Au contraire, le vernis tranquille de Little Firling offrait une nouvelle scénographie à son esprit : des drames plus petits, des scénarios plus serrés, mais tout autant de sang sous la surface.

Elle se tenait près du bord de la salle de bal, un sourcil arqué vers une topiaire qui avait été façonnée, inexplicablement, en un cygne portant une perruque poudrée. Un clin d'œil au thème versaillais du gala, supposait-elle, bien qu'elle ait vu moins de perruques et plus de potins armés.

« Si c'est censé être Versailles, » murmura-t-elle, « ils ont pris des libertés créatives. »

« Chérie, » dit Evie Barnes, apparaissant à son coude, « ce sont des nobles. Les libertés créatives sont un mode de vie. »

Evie avait été élevée dans le village – ou plus précisément, sauvée par celui-ci. Sa tante, la regrettée Constance Caldwell, l'avait recueillie de l'orphelinat à l'âge de six ans et l'avait élevée au-dessus de la librairie du village avec une affection sévère et des livres de poche sans fin. Evie se rendait régulièrement à Surrey pour travailler comme journaliste, l'œil et la langue acérés, avant de rester au village d'une façon permanente après le décès de sa tante. Elle dirigeait maintenant la librairie – et un commentaire continu sur la vie du village – avec un humour pince-sans-rire qui masquait parfois sa méfiance. Elle ne s'est pas fait d'amis facilement. Annabel l'avait immédiatement reconnu. Et puis elle s'est faite l'exception.

Leur invitation était arrivée grâce à une combinaison de faveurs et d'horticulture – Annabel avait récemment aidé à recataloguer les archives d'Everly House pour une exposition sur l'héritage familial, et la Little Firling Garden Society avait contribué au thème flamboyant de l'événement. Il avait été conçu comme une vitrine communautaire. La famille Everly l'avait transformé en théâtre.

C'est ainsi que deux femmes intelligentes – et une chatte de Bombay très particulière – se sont retrouvées à boire du champagne sous un lustre tout en étant entourées de perruques poudrées, de faux accents français et de tensions sociales si épaisses qu'il fallait les couteaux à découper.

Perséphone, bien sûr, n'avait pas été invitée. Elle était simplement arrivée – comme elle le faisait toujours quand quelque chose de terrible était sur le point de se produire.

À présent, elle se prélassait près de la base de l'estrade, observant la pièce avec des yeux plissés et ce mépris particulièrement royal réservé aux suspects de meurtre et aux personnes qui utilisaient de la lavande synthétique.

Annabel n'avait pas pris le travail d'archives par ennui – pas tout à fait.

Tout avait commencé par une lettre polie de Lady Vera, un coup de pouce de la Garden Society, et peut-être un souvenir chuchoté de son défunt mari, Michael, s'attardant dans les coins de son ancien bureau.

Elle n'avait pas cherché de travail.

Mais après des décennies d'enseignement, son esprit continuait à faire les cents pas, comme s'il avait besoin de quelque chose à résoudre. L'invitation de Vera avait été accompagnée de flatteries et d'attentes voilées : « Vous êtes vive, Deighton. Vous voyez à travers les choses. J'en ai besoin.

Le travail n'avait pas payé, pas dans quoi que ce soit d'important.

Mais cela lui a donné les clés de la bibliothèque d'Everly.

Accès aux « tiroirs du patrimoine Everly » de Vera.

Et peut-être, juste peut-être, une dernière énigme qui vaut la peine d'être résolue.

Elle ne s'attendait pas à ce que ce puzzle soit accompagné de champagne, de perruques poudrées et d'un cadavre imminent.

C'est pourquoi, lorsque lady Vera Everly entra dans la pièce avec dix minutes de retard, toute de velours noir et de perles, flanquée de commérages et de dédain, Annabel l'observa très, très attentivement.

Elle en avait vu assez dans les archives d'Everly ces dernières semaines – des lettres éditées, des coins calcinés, une enveloppe curieusement non signée – pour savoir que Vera préparait quelque chose.

Et quand Lady Vera planifiait, les gens finissaient généralement par être furieux, déshérités, ou les deux.

Vera fit son orbite habituelle, déclina plusieurs toasts, fit un seul commentaire cinglant sur le choix de la broche d'une duchesse et s'installa sous le lustre dans une chaise que personne d'autre n'osait réclamer.

Elle leva son gin fizz.

Et puis elle s'arrêta de bouger.

***

Un jour plus tôt. Au salon d'Everly House tard dans la soirée.

Vera se tenait à la fenêtre, sa silhouette dessinée par la lueur du feu. Le verre de porto qu'elle tenait à la main tremblait, non pas à cause de l'âge, mais à cause de la décision.

Clarissa Fairmont entra sans frapper. Elle avait déjà joué Lady Macbeth à Stratford et n'était jamais tout à fait sortie de son personnage. Vera et elle avaient partagé une longue et épineuse amitié – mi-loyauté, mi-performance.

« Vous avez sonné comme un monarque. J'ai supposé que ce fût soit une trahison, soit du thé. »

Vera ne se retourna pas. « Tu es toujours là. »

« Je ne pars jamais avant que le rideau ne tombe. »

Une pause.

« Je suis en train de changer le testament, » a déclaré Vera.

Clarissa inspira brusquement mais garda sa voix froide. « À Juliette ? »

« À la justice. »

Elle se retourna, les yeux brillants comme des nuages d'orage.

« Tu as toujours voulu être sous les feux de la rampe, Clarissa. Mais tu n'as jamais voulu en porter le poids. »

La voix de Clarissa se brisa. « Tu fais ça parce que je t'aimais. »

« Non. Je fais cela parce que je m'aime enfin assez pour arrêter de me cacher. »

Vera s'approcha et posa une bourse de velours sur le manteau.

« Elles sont à toi. Pour l'instant. Garde-le en sécurité. »

Clarissa ne bougea pas.

« Et si ça se passe mal ? »

« C'est déjà le cas. »

***

Au début, cela ne ressemblait à rien du tout.

Juste Vera. Être immobile. Juger. Indifférent.

Mais les yeux d'Annabel étaient plus perçants que la plupart des autres. Et elle l'a vu.

La main qui ne tremblait pas. Le verre qui ne s'est pas incliné. Les perles — manquantes.

Evie fut la première à prendre la parole. « Annabel. »

« Je la vois. »

« Est-ce qu'elle... »

« Oui. »

Et c'est à ce moment-là que les cris ont commencé.

Perséphone se leva.

Queue haute. Oreilles en alerte.

Elle se tourna une fois, lentement, vers Annabel – et cligna des yeux.

Nous commençons.

Chapitre 2

La salle de bal s'était déplacée.

Les paillettes scintillaient encore ; Les cordes jouaient toujours, mais maintenant tout bougeait comme si c'était sous l'eau. Lentement. Nette. Comme si le meurtre s'était infiltré dans les murs et que personne ne voulait toucher à quoi que ce soit de trop fort.

Lady Vera était immobile sous un drap de lin impeccable, drapée à la hâte par un valet de pied horrifié. Sa boisson avait été retirée. Sa chaise ne l'avait pas fait.

Annabel se tenait à proximité, observant les ondulations.

Les gens chuchotaient. Geste. Évité de regarder directement le corps.

Ce n'était pas du chagrin. Pas vraiment. C'était quelque chose de plus fragile, de plus conscient de soi. Comme l'embarras face à la perturbation d'une soirée bien planifiée.

Clarissa Fairmont s'attardait près des portes-fenêtres – autrefois l'amie la plus proche de Vera, maintenant l'ombre fanée dans son miroir.

Une femme en tulle rose a failli laisser tomber son champagne. Un valet de pied l'a attrapé au milieu de l'automne, les yeux écarquillés.

« Plutôt de l'auto-préservation sociale, » murmura Annabel.

Evie lui tendit une flûte de champagne fraîche et haussa les épaules. « Duchesse morte à un bal de Versailles. Mors sur le nez, vraiment.

L'agent de police Tom Oakes était arrivé, troublé, en sueur et brandissant un bloc-notes comme s'il pouvait le défendre de la noblesse.

L'agent Oakes avait été affecté à Little Firling il y a quelques années après un incident malheureux impliquant un cygne perdu et un vase antique cassé dans le Devon. Il recouvrait encore sa dignité.

Il s'approcha avec le sérieux gonflé de quelqu'un qui est bien au-delà de sa profondeur.

« Miss Deighton, » dit-il, essayant de faire autorité. — Si je pouvais vous demander votre discrétion...

« Bien sûr, » dit calmement Annabel, l'interrompant d'un sourire assez tranchant pour trancher un vol-au-vent. « Vous voudrez des noms, des mouvements, des points de tension ? »

Oakes cligna des yeux. — Eh bien, je suppose que oui...

« Elle était morte avant le dessert, » a poursuivi Annabel. « Sa posture n'a jamais changé. Et elle n'a pas touché une seule fois à son verre.

Elle lui tendit une serviette de cocktail avec des noms griffonnés en caractères élégants. « Commence par-là. »

Oakes le regarda comme s'il avait poussé des griffes. Hocha la tête bêtement. S'éloigna en traînant les pieds.

Evie sirota. « J'adore quand vous devenez professeur titulaire. »

Annabel scruta la foule, les yeux aiguisés.

Rafe Everly, le neveu – banquier d'affaires, fils aîné professionnel – se tenait près de l'orchestre, le visage tendu, la cravate de travers. Il ne regardait pas le corps. Il regardait l'avocat, M. Grantham – et quoi qu'ils disent, ce n'était pas des condoléances. M. Grantham, l'avocat de la famille, était chez les Everly depuis près de trois décennies – discret, précis et notoirement incorruptible. Du moins, c'est ce qu'il aimait dire.

« Rafe était furieux au dîner, » dit Annabel doucement. « Elle a porté un toast à Juliette à sa place. Ce n'était pas subtil.

« Ce n'était pas non plus une rebuffade lors du discours du fonds du patrimoine, » a ajouté Evie. « Elle l'a presque qualifié de non pertinent. »

« Peut-être a-t-il accepté. »

Seraphina May, la marchande d'art – toutes les pommettes et le charme soigné – qui a autrefois vendu un Rothko à une duchesse et un faux à son chien, si l'on en croit la rumeur – planait près de l'escalier, parlant doucement à deux clients de la galerie. Elle portait des paillettes comme une armure, et son sourire était d'une nuance trop éclatante.

Annabel inclina la tête. « Elle était la « consultante spéciale » de Vera, n'est-ce pas ?

Evie renifla. « Si vous voulez dire qu'elle a aidé à blanchir les émotions à travers des toiles sélectionnées, alors oui. »

Dans le coin le plus éloigné, Juliette Everly se tenait seule, la nièce de Vera, calme et élégante, longtemps présumée ornementale. Mais pas ce soir.

Les mains jointes. Expression illisible.

Elle n'avait pas pleuré.

Elle n'avait pas bougé.

Le regard d'Annabel s'attarda.

« Elle cache quelque chose. »

« Elle l'est toujours, » a répondu Evie. « Mais cette fois, c'est peut-être son moment. »

Mme Gilchrist, la gouvernante d'Everly, les dépassa avec un plateau qu'elle n'avait pas besoin de tenir. Son visage était illisible. Sa colonne vertébrale était de qualité militaire.

« Son thé n'a jamais été empoisonné, » murmura Evie. « Mais si jamais c'est le cas, elle l'administrera elle-même. »

Et quelque part, se faufilant tranquillement entre les chevilles et les meubles, Perséphone se déplaçait comme de la fumée. Attentive. A l'écoute.

Ne pas diriger.

Pas encore.

Juste écouter. Elle absorba la pièce, un clignement des yeux à la fois.

Annabel tourna son regard vers le lustre.

« Aucun signe de lutte. Pas de boisson renversée. Les perles ont disparu. Et le testament aussi. »

Evie cligna des yeux. « Le testament ? »

Annabel sourit faiblement. « Oh, il y a toujours un testament, ma chère. »

Chapitre 3

Le salon avait été scellé, bien que le sceau consistât en une seule corde de velours et que L'agent Oakes avait l'air embarrassé.

Annabel enjamba les deux avec aisance, sa présence à la fois modeste et indéniable.

Evie l'a suivie, offrant à l'agent un hochement de tête qui suggérait qu'il devrait plutôt prendre des notes auprès d'elle.

La pièce sentait encore le vernis au citron et la tension. L'acajou brillait, des rideaux de velours étouffaient la lumière, et tout avait été arrangé de telle sorte que Vera pouvait encore l'emporter et le remettre en ordre elle-même.

Cela avait été son sanctuaire. Sa salle du trône. Là où les décisions étaient prises, les potins organisés, les menaces chuchotées avec une précision coupée.

C'était là que Vera avait tenu sa cour, fait des déclarations et détruit au moins trois mariages, dont deux avec seulement ses sourcils.

Et maintenant, c'était trop calme – le genre de calme qui vous faisait vous pencher, vous attendant à ce que quelque chose se brise.

Annabel se dirigea vers le bureau et commença à tirer – délicatement, précisément. Pas fouillant. Enquêtant.

« Cherche ce qui manque, » a-t-elle dit.

« Tu veux dire à part le gin pétillant et son pouls ? » Evie répondit en ouvrant un tiroir de l'armoire latérale.

Annabel lui adressa un sourire sec.

Il y avait quelque chose d'intime dans cette recherche – pas invasive, pas exactement. Mais c'était une sorte de deuil. Annabel a toujours cru que la façon dont une personne gardait son bureau était la biographie la plus véridique. Vera a raconté une histoire de contrôle, d'élégance et de peur méticuleuse d'être oubliée.

Les tiroirs étaient bien rangés – trop rangés. Une sorte de propreté qui touche un musée et qui suggérait la préparation, ou la dissimulation.

Elle se dirigea vers la bibliothèque.

Les titres ont été classés par genre, puis par auteur. Quelques volumes avaient été récemment perturbés. Un volume manquant a laissé un vide notable.

« Vera était exigeante, » murmura Annabel. « Elle ne voulait pas laisser d'espace. »

Evie la rejoignit, scrutant les étagères.

« C'est étrange, » murmura-t-elle. « Pas de rond de poussière là où se trouvait le livre manquant. »

Annabel hocha la tête. « Parce qu'il n'a pas été enlevé dans la panique. Quelqu'un savait qu'il le prenait – et avait prévu de ne laisser aucune trace. »

Perséphone sauta sur le banc du piano et fixa le mur en face de la cheminée.

Trois minutes plus tard, elle miaula.

Annabel se retourna, suivant le regard de la chatte.

Puis elle fronça les sourcils.

Elle s'avança, les doigts effleurant le panneau peint.

Evie la suivait avec curiosité.

Le panneau était subtilement entrouvert.

Derrière lui, un creux.

À l'intérieur, niché dans la poussière et le velours, une fine longueur de ruban de soie.

Annabel l'arracha et examina la faible empreinte sur le velours.

« Les perles étaient ici, » murmura-t-elle. « Récemment retiré. »

Evie s'agenouilla à côté du panneau. « Et quelqu'un est parti à la hâte. C'est une éraflure. »

Elle montra une faible marque dans le bois, à peine visible là où une chaussure avait traîné à la hâte.

Annabel rangea le ruban dans son carnet et jeta un coup d'œil au creux de velours vide.

« Pourquoi les cacher ici ? »

Evie haussa les épaules. « Pourquoi pas un coffre-fort ? »

« Elle voulait que quelqu'un les trouve. Mais pas n'importe qui. »

Elle toucha à nouveau l'intérieur du panneau. Le velours était usé lisse. Cela n'avait pas été caché récemment, mais cela avait déjà été utilisé auparavant.

Annabel se tourna vers Perséphone.

« Bien repéré. »

La chatte cligna des yeux une fois.

Un mouvement de sa queue.

Bien sûr.

Chapitre 4

Clarissa Fairmont n'avait pas quitté les lieux.

Ce qui était vraiment dommage, parce qu'elle avait l'air de quelqu'un qui pourrait avouer un meurtre juste pour le drame. Elle était vêtue de soie noire, avait réappliqué son rouge à lèvres avec une précision théâtrale et faisait la cour dans la bibliothèque Everly avec trois invités qui n'avaient pas encore réalisé que le gala était définitivement terminé.

Quand Annabel entra, Clarissa eut un petit sourire amusé, comme si elles étaient sur le point de se lancer dans une interview pour les pages mondaines plutôt que dans une enquête informelle sur un meurtre.

« Je suppose que vous êtes venue me poser des questions inconfortables, » dit-elle en repliant élégamment les jambes.

« Oui, » a répondu Annabel. « Mais j'imagine que vous êtes plus susceptible de proposer quelque chose d'inutile. »

Clarissa éclata de rire, ravie.

« Vous savez, je vous ai toujours aimé, Deighton. Vous êtes la seule à ne pas faire semblant de me trouver mystérieuse. »

« L'opinion que vous avez de moi est inversement proportionnelle à votre position auprès de Vera. »

Le sourire de Clarissa se figea pendant une demi-seconde. C'était un bon gel – presque imperceptible – mais il était là.

« Je ne l'ai pas tuée. »

« Non, » acquiesça Annabel. « Mais vous savez peut-être qui le voulait. »

Clarissa se laissa tomber sur une chaise avec la grâce théâtrale de quelqu'un qui auditionne pour un rôle que personne n'avait écrit.

« Elle a changé le testament, » a-t-elle dit avec une fioriture. « Ou était sur le point de le faire. »

Annabel inclina légèrement la tête.

« Elle vous l'a dit ? »

« Elle l'a dit à tout le monde, à sa manière. Ce petit discours sur les nouveaux départs. C'était un avertissement enveloppé dans un toast. Et Juliette avait l'air d'avoir le mal de mer. »

« À qui a-t-elle été prévenue ? »

Clarissa lui lança un long regard pensif.

« Tous ceux qui dépendaient d'elle. Financièrement. Socialement. Émotionnellement. »

Annabel se pencha en avant.

« Et qu'étiez-vous, Clarissa ? »

Les yeux de Clarissa brillèrent.

« Remplaçable. »

Une pause.

Puis, sans cérémonie, Perséphone sauta sur ses genoux.

Clarissa baissa les yeux vers la chatte, surprise. « Même toi, ma chérie ? »

Perséphone cligna lentement des yeux.

De jugement.

Clarissa soupira.

« Elle a dit qu'elle était en train de renouer avec le passé. Mettre de l'ordre dans son héritage. Cela lui faisait peur, mais elle était déterminée. »

Annabel l'observa attentivement.

« Et les perles ? »

Clarissa hésita.

« Elle les avait. Ils ont dit qu'elles appartenaient à la matriarche d'Everly – quelque chose sur la justice et la honte. Elle n'en a pas dit plus. »

« Et maintenant, elles ont disparu. »

Clarissa détourna le regard.

« Elle ne les aurait pas égarées. »

« Non, » dit Annabel en se levant. « Mais elle aurait pu leur tendre un piège. »

Chapitre 5

Juliet Everly n'était pas facile à coincer.

Mais Annabel avait passé sa carrière à cajoler les révélations d'étudiants qui pensaient que le silence était une armure. Et Juliette, avec ses épaules raides et son regard lointain, n'était qu'une autre âme qui essayait de ne pas saigner.

Annabel l'a trouvée dans le jardin d'hiver, debout parmi les orchidées et le clair de lune. L'air sentait faiblement le jasmin, bien que quelque chose de métallique s'attardât en dessous – un rappel que quelque part à proximité, la maison portait encore l'odeur de la mort.

Juliette ne se retourna pas quand Annabel entra.

« Magnifiques, n'est-ce pas ? » Dit Annabel en s'avançant tranquillement à côté d'elle.

La voix de Juliette était plate. « Elles sont capricieuses. »

« Vera aussi. »

Les mains de Juliette étaient jointes derrière son dos, blanches aux jointures.

« Elle a dit qu'elle était fatiguée des jeux. Qu'elle voulait remettre les choses en ordre. »

« A-t-elle dit ce que cela voulait dire ? »

« Elle a dit que Rafe comprendrait. »

« L'a-t-il fait ? »

« Elle n'a pas eu l'occasion de le lui dire. »

Annabel attendit.

Juliette se retourna légèrement, le visage pâle et posé.

« Elle m'a dit qu'elle voulait me donner la galerie. Officiellement. Soutenu par des fonds en fiducie et l'acte de propriété de l'aile est. »

« C'est généreux. »

« Elle a dit que c'était en retard. »

« Rafe était-il au courant ? »

Les lèvres de Juliette se contractèrent en un sourire crispé.

« Il est toujours au courant. »

Annabel la regarda attentivement.

« Elle allait vous nommer son héritière. »

Le sang-froid de Juliette se brisa – un bref tremblement aux coins de sa bouche.

« Je ne le voulais pas. Pas vraiment. Mais je ne voulais pas que Hale l'obtienne non plus. »

Annabel se tut.

« Hale ? »

« Elle ne l'a jamais dit directement. Mais elle n'arrêtait pas de faire allusion à quelqu'un – quelqu'un avec une longue portée. Quelqu'un qui pourrait tout défaire d'un murmure. »

« Rupert Hale, » dit Annabel doucement.

Juliette hocha la tête.

« Elle a dit qu'elle était prête à arrêter d'avoir peur. »

« Et puis elle est morte. »

Juliette baissa les yeux.

« Il y avait un homme au gala que je n'ai pas reconnu. Il était déguisé en traiteur. Il a renversé du champagne sur elle pendant le toast. »

Le pouls d'Annabel s'accéléra.

« Elle a réagi ? »

« Elle l'a regardé comme si elle avait vu un fantôme. Elle n'a rien dit. Juste... regardé. »

« L'avez-vous dit à quelqu'un ? »

« Je pensais que ce n'était rien. »

La voix d'Annabel s'adoucit. « Et maintenant ? »

Juliette rencontra enfin son regard.

« Maintenant, je pense que c'était tout. »

Chapitre 6

Les jardins derrière Everly House s'étaient vidés, bien que les lanternes brûlassent toujours, comme si elles hésitaient à admettre que la fête était terminée.

Annabel marchait lentement le long du sentier entre les rosiers, Perséphone trottant en avant avec la confiance silencieuse d'une reine inspectant son royaume.

Evie la rejoignit, portant deux tasses de thé tièdes et une nouvelle rumeur sur le second mari de la duchesse et une caisse de champagne manquante.

« Je vous jure, cet endroit fait scandale comme d'autres villes cultivent des tomates. »

Annabel accepta le thé et fit un signe de tête à Perséphone, qui s'était arrêtée sous l'ancien cadran solaire près de la bordure herbacée.

Elle fixait la base, la queue tremblante.

« On dirait que nous avons quelque chose, » a dit Annabel.

Evie regarda de plus près.

« Un indice ou un campagnol ? »

Annabel s'accroupit et passa ses doigts le long du bord de la base en pierre du cadran solaire. Il vacilla légèrement.

Evie la rejoignit et, ensemble, elles le mirent de côté.

En dessous, une cavité creuse.

À l'intérieur, une petite pochette de velours et une note pliée, jaunie par le temps.

Annabel ouvrit la note avec précaution.

C'était écrit de la main de Vera. Tranchant, anguleux, délibéré.

Un diagramme. Un arbre généalogique. Noms encerclés. Et en dessous, une ligne en majuscules :

« *L'ANNEAU ET LA CLÉ.* »

Evie ouvrit le sachet.

À l'intérieur : une chevalière portant l'écusson d'Everly. Et une petite clé en fer, délicate et ancienne.

« Une clé pour quoi ? » murmura Evie.

Annabel se leva lentement.

« Quelque chose que Vera ne voulait pas que Hale trouve. »

Evie pâlit. « Donc, c'est vrai. Elle allait le dénoncer. »

Annabel hocha la tête. « Elle a laissé des miettes de pain. C'est l'un d'entre eux. »

Perséphone frôla la jambe d'Annabel en ronronnant faiblement.

« Elle savait toujours où regarder, » a déclaré Annabel.

« Des chats ou Vera ? »

« Les deux. »

Evie empocha la clé.

Annabel replia le billet.

Et quelque part, au-delà des haies, le vent tournait – comme si le jardin lui-même expirait.

***

Le pub Lièvre et le limier sentait les scones à la cannelle, le vernis à bois et la suffisance le matin après le gala.

Annabel et Evie se glissèrent dans leur cabine habituelle près de la fenêtre, où la lumière attrapait les taches dans la fourrure de Perséphone alors qu'elle était perchée sur le dossier, dédaigneuse du bavardage du village, mais certainement à l'écoute.

« Je le donne jusqu'au bout de la théière, » marmonna Evie, « avant que quelqu'un ne lâche avec désinvolture une théorie de meurtre. »

Elle avait tort.

Il a fallu exactement *trois* gorgées de thé.

« Ce lustre n'a jamais été correctement boulonné, » a déclaré Mme Elspeth Muir, d'une voix étouffée mais théâtrale. « J'ai dit à mon Harold quand ils l'ont accroché : 'Cette chose est un souhait de mort dans des cristaux.' »

« Il n'est pas tombé, Elspeth, » dit M. Dunning à la cheminée. « Elle a été empoisonnée. Je l'ai vue devenir bleue. »

« Les perles étaient maudites, » marmonna quelqu'un derrière le présentoir à scones.

Annabel sirota son thé sans lever les yeux. « Ils ont déjà réussi à comprendre la théorie de la malédiction. Impressionnant. »

Evie se pencha. « Dix pence, dit que nous avons une rumeur de fantôme avant le projet de loi. »

Dans le coin, la jeune Maisie Fry, qui rentrait de l'université et qui était armée d'une nouvelle frange et d'une mineure en criminologie, a lancé : « J'ai entendu dire que Juliette allait tout hériter. Et Rafe était *furieux.* Il a renversé toute une tour de brandy ! »

« Elle n'a pas tort, » murmura Evie. « La fontaine de brandy *a été* une victime. »

Mme Potts, la femme du boulanger, a passé la tête à l'intérieur. « Et n'oubliez pas le garçon traiteur. Pas l'un des nôtres. Étranger. Il a dit qu'il avait « oublié » le caviar. Suspect, ça. »

« C'est probablement Hale qui le fait, » dit quelqu'un d'un ton menaçant.

Perséphone agita la queue.

Les yeux d'Annabel scrutèrent la pièce. Le village avait absorbé le scandale comme il le faisait en toutes choses – à travers des miettes, des pastilles contre la toux et un appétit à peine réprimé pour les bêtises.

« Vous pensez qu'ils vont le résoudre pour nous ? » a demandé Evie.

« Non, » a répondu Annabel en se levant. « Mais ils pourraient effrayer le tueur pour qu'il se précipite. »

Chapitre 7

Ginny Pearce avait pleuré.

Pas le genre sauvage et gémissant, mais le genre calme et débordant qui rendait ses yeux rouges et sa voix filiforme. Elle s'assit sur un banc bas près du couloir arrière, tordant un mouchoir en spirales humides.

Annabel s'approcha lentement, avec Evie juste derrière, tenant un sac en papier qui contenait, inexplicablement, trois scones et un thermos de thé à la menthe à moitié vide.

« Ginny, » dit doucement Annabel.

La jeune fille leva les yeux, surprise. « Mademoiselle Deighton. »

« Vous connaissiez bien lady Vera ? »

Ginny hocha la tête en s'essuyant le nez.

« Elle était... compliqué. Mais gentil. Elle a payé mes cours du soir. Il a dit que j'avais mieux à faire que de polir l'argent.

« S'est-elle confiée à toi ? »

Ginny hésita.

« Elle était tendue, ces derniers temps. Elle a dit que les gens la regardaient. Qu'elle ne se sentait pas en sécurité.

« A-t-elle dit qui ? »

« Non. Juste... Elle a regardé par-dessus son épaule plus que d'habitude. »

Evie lui tendit le thermos.

« Elle a mentionné Rupert Hale ? »

Ginny cligna des yeux. « Une seule fois. Elle a dit qu'il avait pris ce qui ne lui appartenait pas et qu'il l'avait appelé charité. »

Annabel échangea un regard avec Evie.

« Vous a-t-elle donné quelque chose ? »

Ginny se mordit la lèvre.

« Elle m'a donné une lettre. J'ai dit que si quelque chose lui arrivait, je devrais le poster. Mais je... Je l'ai perdue. »

Evie se crispa. « Vous avez perdu une confession sur le lit d'une morte ? »

Ginny secoua rapidement la tête et fouilla dans son sac à main.

D'une poche latérale, elle sortit une petite enveloppe.

« Je ne l'ai jamais postée. Je n'arrivais pas à décider si c'était réel ou juste... une de ses humeurs. »

Annabel prit doucement l'enveloppe.

Abordé dans le script en boucle de Vera :

M. R.L. Grantham — Privé et confidentiel

Descellée.

A l'intérieur : une deuxième note. Plus longue. Tapée. Signée à l'encre.

Annabel l'effleura. Puis la relis, plus lentement.

Son expression se durcit.

« Elle nomma Hale. Les perles. Les faux. Dit qu'elle était prête à se présenter à la justice. »

Ginny avait l'air misérable.

« Je suis désolée. Je ne savais pas que cela avait de l'importance. »

Annabel plia le billet.

« C'est important maintenant. »

Chapitre 8

Clarissa Fairmont faisait ses bagages.

Pas pressée, pas paniquée – mais avec une sorte de grâce fatiguée, comme si partir avait toujours été le plan, et qu'elle n'attendait que le bon signal. Sa valise de voyage, monogrammée et usée, était ouverte sur la chaise longue. Des foulards en soie, des livres reliés en cuir et un curieux masque d'opéra étaient déjà rangés à l'intérieur.

Annabel entra dans la pièce sans frapper.

« Vous ne me frappez pas comme quelqu'un qui fuit. »

Clarissa ne leva pas les yeux. « Je ne fuis pas. Je me repositionne. »

Evie s'appuya contre le cadre de la porte. « C'est cependant un moment opportun. »

Clarissa soupira et se tourna vers eux. Ses yeux étaient plus clairs qu'auparavant. Plus triste aussi.

« Elle m'a demandé de tenir les perles. »

Cela a attiré toute l'attention d'Annabel.

« Elle vous a fait confiance ? »

Clarissa eut un sourire triste. « J'étais la distraction. Elle voulait que quelqu'un d'évident prenne la chute si les choses tournaient mal. »

« Ont-elles tourné mal ? »

« J'ai laissé ma pochette sur le buffet lors du troisième toast. Quand je suis rentrée, elle était ouverte. Les perles avaient disparu. »

« Qui savait que vous les aviez ? »

Clarissa haussa les épaules. « N'importe qui regardait de près. »

Evie fronça les sourcils. « Et qu'a-t-elle dit quand vous le lui avez dit ? »

Le sourire de Clarissa s'estompa.

« Je n'en ai jamais eu l'occasion. »

Annabel s'approcha.

« Elle avait l'intention de nommer Juliette son héritière. Le schéma dans le creux du jardin le confirme. »

Clarissa hocha la tête. « Elle pensait que Juliette avait du cran. Elle a dit qu'elle était fatiguée des hommes qui prenaient le silence pour de la force. »

« Et tu as omis ce schéma, » dit doucement Annabel. « Où n'importe qui pouvait le trouver. »

Clarissa se raidit. « Je pensais que cela la pousserait à jouer. Je ne voulais pas... »

« Mais quelqu'un d'autre a agi en premier. »

Perséphone se glissa dans la pièce, les pattes silencieuses sur le tapis.

Elle sauta sur le rebord de la fenêtre, enroula sa queue autour de ses pieds et regarda Clarissa.

Pas avec mépris.

Avec pitié.

Clarissa s'assit lentement.

« Je voulais juste qu'elle tienne ses promesses. »

« Elle l'a fait, » a déclaré Annabel. « À la fin. Mais maintenant, c'est à nous de terminer ce qu'elle a commencé.

Clarissa croisa son regard.

Et hocha la tête.

***

Les humains étaient bruyants.

Ils l'étaient toujours quand l'un d'eux cessait de respirer. Les voix craquaient, les tasses cliquetaient, les chaussures grinçaient. Ils remplissaient l'air d'absurdités – de peur, de culpabilité, de théories – rien de tout cela n'était utile.

Perséphone se déplaçait comme de la fumée.

Sous les chaises, le champagne renversé, sur le marbre qui portait encore l'écho des derniers pas de lady Vera.

Elle s'arrêta au pied de l'estrade.

Renifla.

De la poussière, du gin, de la lavande et...

Sang ? Non. Pas frais. Plus vieux. Faible. De derrière les lambris.

Elle donna un coup de queue une fois.

Tourna.

À travers la salle de bal, au-delà des pieds effrayés d'un agent de police qui sentait les miettes de biscuits et le désespoir.

La bibliothèque était plus fraîche.

Calme.

Elle sauta silencieusement sur le buffet et fixa la cheminée. C'était encore là. L'odeur de la soie et de la trahison. La faible trace du parfum de Clarissa se mêlait à la culpabilité.

Mais aucun danger.

Pas *encore*.

Elle rôda jusqu'au banc du piano. S'assis. Attendu.

Ça viendrait. C'était toujours le cas.

Perséphone n'a pas résolu les meurtres.

Elle a simplement regardé jusqu'à ce que la vérité apparaisse.

Et puis elle a cligné des yeux.

Une fois.

Lentement.

Le signal.

Laissez-les plus intelligents le découvrir.

Chapitre 9

Le banc du piano grinça quand Annabel souleva le couvercle.

À l'intérieur : des partitions de musique – principalement de Debussy et de Chopin – une petite pochette en tissu et quelque chose étroitement enveloppé de velours bleu marine.

La faible odeur du vieux parfum et du vernis s'éleva comme un fantôme.

Evie l'attrapa mais s'arrêta, regardant Annabel.

« Déballons-nous les objets maudits avant ou après le déjeuner ? »

Annabel sourit faiblement et déplia le tissu.

Un boîtier en argent reposait à l'intérieur. Rectangulaire, gravé de l'écusson d'Everly, et assez vieux pour bourdonner de secrets.

Le métal était froid. Lourd. Le genre d'objet dont on se souvenait qu'on passait de main en main dans des pièces feutrées.

Evie leva un sourcil. « La collection privée de Vera ? »

« Voyons voir. »

Annabel ouvrit l'affaire.

À l'intérieur : microfilm.

Evie se pencha. « Maintenant, nous sommes entrés dans la guerre froide. »

Annabel souleva soigneusement la bobine et la tint à la lumière.

« Les étiquettes correspondent aux évaluations immobilières d'Everly. Il s'agit d'évaluations, dont certaines ont été modifiées. D'autres ont été falsifiées.

Evie expira. « Donc, elle avait vraiment des preuves. »

Annabel hocha lentement la tête. « Et elle avait commencé à les rassembler. Méthodiquement. Délibérément.

Son pouls s'est accéléré. Vera n'avait pas seulement été amère, elle s'était *préparée*. Ce n'était pas de la paranoïa. C'était une assurance.

Elle plongea de nouveau la main vers le banc du piano et en retira une note – une deuxième, soigneusement pliée sous le velours.

C'était court. Une phrase, écrite à la main :

« Il a pris ce qui m'appartenait. Je vais reprendre ce qui a été volé.

Evie fronça les sourcils.

« Faisait-elle allusion à Hale ? »

Annabel resta silencieuse un moment.

La note semblait plus froide que l'affaire. Finale. Comme si elle avait été écrite par quelqu'un qui avait déjà mis les dominos en mouvement.

« Elle devait savoir qu'il se vengerait. »

« Alors pourquoi le faire ? »

« Elle était fatiguée. D'être manipulée. De regarder sa famille être utilisée. »

Annabel leva les yeux.

« Elle se préparait à se battre. »

Un bruit derrière eux les fit se retourner.

L'agent Oakes est apparu à la porte, une tache de sucre pâtissier sur sa manche et une expression très nerveuse sur son visage.

« Miss Deighton ? »

« Oui ? »

« Il y a quelqu'un qui vous demande. Il dit qu'il faisait partie de l'équipe de restauration hier soir. »

Les yeux d'Annabel se plissèrent.

« Avez-vous un nom ? »

Oakes vérifia son bloc-notes.

« Liam. Liam Harrow. »

Evie se redressa.

« Eh bien, bien. Allons à la rencontre du renverseur de champagne. »

Chapitre 10

Liam Harrow ressemblait exactement à quelqu'un qui voulait disparaître – mince, pâle et vêtu d'une veste d'une taille trop grande pour son corps. Ses mains se tordaient sur ses genoux et ses yeux se dirigeaient vers chaque fenêtre comme si elles étaient des voies d'évacuation.

L'air dans le salon était calme, mais tendu – comme si la pièce s'était arrêtée pour écouter. Des particules de poussière tourbillonnaient dans la lumière de l'après-midi, ignorant complètement le drame.

Annabel l'étudia de l'autre côté de la pièce.

« Vous étiez au gala. »

Liam hocha la tête.

« J'étais avec l'équipe de restauration. Plume Events. »

Evie fronça les sourcils. « Nous avons vérifié – ils n'existent pas. »

« Ils ne le sont pas, » a rapidement dit Liam. » Je veux dire, ils le sont. Mais pas légalement. On m'a pris dans une camionnette avec un autocollant collé dessus. Pas de pièce d'identité, pas de noms. »

Annabel se pencha en avant.

« Vous avez renversé quelque chose sur Lady Vera. »

Liam déglutit.

« Elle m'a frôlé. Je ne voulais pas. Elle... Elle s'est figée. Elle m'a regardé comme si je l'avais poignardée. »

« A-t-elle dit quelque chose ? »

« Elle a dit 'Vous'. Rien que ça. Et puis elle s'est détournée. »

Sa voix tremblait à ce mot. Pas de manière théâtrale, juste assez pour fendre l'air.

Evie croisa les bras.

« Qui t'a embauché ? »

« Je ne sais pas. J'ai reçu un SMS. Il a dit que c'était un travail privé. Payé le double en espèces. Les instructions étaient minimales. Portez du noir. Servez des boissons. Taisez-vous. »

Annabel inclina la tête.

« Quelqu'un d'autre a-t-il interagi avec vous ? »

« Un homme en manteau sombre m'a rencontré à la camionnette. Il m'a donné l'uniforme. Il a dit que je ne devais pas parler à moins qu'on ne me le dise. C'est tout. »

La voix d'Evie baissa.

« Vous savez qui l'a envoyé. »

« Je pense que oui. »

Annabel lui jeta un long regard.

« Rupert Hale. »

Liam tressaillit.

« Je ne le connais pas. Je jure. Mais les gens parlent. Et l'homme que j'ai vu à l'arrière de la maison quand je suis parti ? C'était lui qui regardait. »

Le nom était resté dans la pièce comme une ombre qui refusait de partir.

Annabel jeta un coup d'œil à Evie.

« Il règle les derniers détails. »

Evie fit un pas en avant.

« Vous avez eu de la chance, Vera n'a pas crié. Vous seriez le corps, pas elle. »

Liam avait l'air de pleurer.

« Je ne lui ai pas fait de mal. Je n'ai même pas su qui elle était jusqu'au lendemain matin. S'il vous plaît, je n'ai rien fait. »

Annabel hocha la tête.

« Mais vous étiez un message. »

Liam enfouit son visage dans ses mains.

Et dehors, dans le couloir, Perséphone était assise à côté de la porte.

En attente.

Écoutant.

Comme toujours.

Chapitre 11

La suite de la galerie de Seraphina May était aussi spectaculaire que sa réputation - toutes les poutres apparentes, l'éclairage tamisé et les murs de peintures minimalistes qui coûtent plus cher qu'une maison de vacances moyenne.

Elle salua Annabel et Evie dans une robe de soie de minuit, un fume-cigarette dans une main, un dédain dans l'autre.

« Je suppose que vous n'êtes pas ici pour naviguer, » a-t-elle dit en glissant vers eux.

« Non, » a répondu Annabel. « Nous sommes ici pour parler de Vera. Et les évaluations falsifiées. »

La mâchoire de Seraphina se crispa – juste un scintillement.

« Je ne fais pas de faux. »

« Mais vous faites des acquisitions, » a déclaré Evie. « Et beaucoup de ces pièces sont passées par les canaux Everly. »

Séraphine sourit légèrement.

« Lady Vera était... éclectique dans ses goûts. Elle aimait le danger avec son art. »

Annabel s'approcha.

« Elle vous a fait confiance. Elle vous a nommé comme son conseiller artistique. C'est plus que du goût. »

Séraphine soupira et éteignit sa cigarette.

« Elle savait. À propos des pièces. Certains étaient propres. D'autres... moins. »

« Qui a poussé celles qui n'étaient pas propres ? »

Séraphine hésita.

« Hale. Il possède une partie de la galerie londonienne. Commanditaire. Introuvable. »

« Et Vera l'a découvert ? »

« Elle l'a découvert il y a des années. Mais elle est restée silencieuse. Jusqu'à récemment. Elle a dit qu'elle voulait que son héritage soit propre. »

Annabel hocha lentement la tête.

« Elle a laissé des preuves. »

Les yeux de Seraphina s'écarquillèrent.

« Le microfilm. »

« Elle l'a caché dans le banc du piano. Avec une note. Elle avait prévu de tout exposer. »

Le visage de Seraphina se froissa légèrement.

« Elle a dit que cela me détruirait. Et sauvera Juliette. »

Evie s'avança.

« Et les perles ? »

« Je ne les ai jamais vues. Mais elle a parlé d'eux. Ils ont dit qu'ils étaient la clé pour réaliser quelque chose de plus profond. L'honneur de la famille. Culpabilité. Justice. »

« Elle a appâté le piège, » murmura Annabel.

« Et quelqu'un l'a pris. »

Perséphone entra dans la pièce.

Séraphine baissa les yeux vers elle.

« Elle ne m'a jamais aimé. »

Perséphone cligna des yeux.

Puis, lentement, elle a sauté sur le rebord de la fenêtre – et s'est recroquevillée.

Observant avec ce désintérêt particulier que seuls les chats – et les très vieilles âmes – peuvent gérer.

Chapitre 12

M. Grantham, l'avocat de la famille, était assis raide dans le bureau des Everlys, la colonne vertébrale parfaitement droite, les mains croisées sur une pile de dossiers en papier manille. Il avait l'air d'un homme qui avait passé sa vie à ranger des secrets en colonnes bien rangées – et qui venait de découvrir que l'un d'entre eux avait disparu.

Le bureau sentait les vieux livres et les silences réservés. La lumière du soleil se glissait sur le bord du tapis comme s'il n'était pas sûr que ce soit autorisé.

Annabel posa l'enveloppe de Vera sur le bureau devant lui.

Grantham le regarda fixement.

« Elle a dit qu'elle vous le donnerait. Au cas où quelque chose lui arriverait. »

Il l'ouvrit lentement, lisant en silence. Son visage n'a pas changé, mais quelque chose dans ses épaules est tombé.

« Elle savait, » a-t-il finalement dit. « À propos de Hale. À propos des faux. À propos du testament. »

« Elle vous a dit qu'elle faisait des changements ? »

« Elle a dit qu'elle examinait tout. Rafe. Juliette. La galerie. »

« A-t-elle désigné Juliette comme héritière ? »

Grantham hocha la tête. « Officieusement. Les documents officiels n'ont pas été signés. Mais l'intention était claire. »

Evie s'avança. « Et Hale ? »

Grantham ferma l'enveloppe et la mit de côté.

« Il tourne autour d'Everly House depuis des années. Achat de terres. Faire pression sur les institutions. Il voulait une participation majoritaire dans le domaine. »

« Pourquoi Vera ne l'a-t-elle pas arrêté plus tôt ? »

« Elle avait peur. »

Il l'a dit sans amertume. Juste un fait. Le genre de vérité qui était restée tranquillement dans ses coins pendant des années.

Le regard d'Annabel s'aiguisa.

« Mais elle n'avait plus peur. Pas quand elle a caché les perles. Le microfilm. L'anneau et la clé. »

Grantham cligna des yeux.

« La clé ? »

Annabel le sortit de sa poche, à côté de la chevalière Everly.

Grantham pâlit.

Son sang-froid s'est effondré – pas un effondrement, juste un effilochage au bord. Ses mains se resserrèrent brièvement, ses jointures blanchissaient.

« Cette clé déverrouille la malle dans mon coffre-fort. »

« Et qu'y a-t-il à l'intérieur ? »

« Actes originaux. Preuve que les propriétés de Vera ont été acquises avant l'influence de Hale. Un grand livre. Et... une lettre. »

La voix d'Annabel était basse.

« Une confession ? »

« Un nom. Elle écrit que Hale était derrière la mort dans les falaises. »

Evie prit une respiration vive.

« C'était le premier cas, » murmura-t-elle. « Votre première affaire. »

Annabel hocha la tête.

« Et nous n'avons jamais eu de preuve. »

Grantham regarda de l'anneau à la clé.

« Vous le savez maintenant. »

Dehors, une brise se déplaçait dans le couloir – et pendant un instant, on eut l'impression que la maison expirait.

Chapitre 13

Le jardin était exceptionnellement calme pour midi.

Même les abeilles semblaient révérencieuses. Des ombres tachetées le chemin de pierre comme de la dentelle, et l'air sentait faiblement la lavande, la terre et le passé.

Juliette était assise sur un banc de pierre sous la glycine, sa posture aussi élégante que jamais, mais son regard lointain. Une tasse de thé reposait à côté d'elle, intacte. Les perles de ses boucles d'oreilles captaient la lumière du soleil en minuscules éclairs tremblants.

Annabel s'approcha lentement.

« Elle voulait que vous ayez tout, » a-t-elle dit.

Juliette ne se retourna pas. « Elle voulait trop de choses. Héritage. Paix. La vengeance. »

« Elle nous a donné les outils. »

Juliette finit par la regarder.

« Mais pas le courage. »

« Elle pensait que vous l'aviez. »

Juliette eut un rire creux.

« Elle pensait aussi que j'épouserais un baron et que je me mettrais à l'aquarelle. »

Evie apparut, tenant une boîte rembourrée. Elle l'ouvrit sans cérémonie.

À l'intérieur : les perles.

Ils ne brillaient pas, ils brillaient. Doucement. Comme un clair de lune accumulé dans la soie.

Juliette les regarda fixement.

« Elle les avait encore ? »

« Elle les a déplacés. Elle les a cachées à nouveau. Probablement le matin du gala. Elle tendait un piège. »

« Pour Hale ? »

Annabel hocha la tête. « Et pour quiconque pourrait essayer de l'arrêter. »

Les yeux de Juliette se remplirent – non pas de larmes, mais d'une émotion plus vive. Culpabilité. Chagrin. Détermination.

« Elle a dit qu'elle en avait assez d'avoir peur. »

« Elle le pensait vraiment, » a déclaré Annabel.

Perséphone s'avança dans le sentier, sa fourrure noire ne prenant pas la poussière, ses pas étant totalement silencieux. Elle s'arrêta près du banc et cligna des yeux vers Juliette.

Juliette a tendu la main – lentement – et le chat a autorisé une seule caresse.

« Elle était toujours en train de regarder, » murmura Juliette.

« Elle l'est toujours, » a déclaré Annabel. « Mais maintenant, c'est votre tour. »

Juliette sortit les perles de la boîte.

Elles semblaient froides. Grave. Une vérité qui s'est creusée à la gorge.

« Elles appartiennent à la maison. »

Annabel hocha la tête.

« Et vous êtes la maison maintenant. »

Au-dessus d'eux, un pétale s'est détaché de la vigne de glycine. Il atterrit silencieusement sur l'épaule de Juliette. Elle ne l'a pas balayé d'un revers de main.

Chapitre 14

Clarissa Fairmont buvait du porto dans la salle nord de la galerie, assise sous un portrait d'un ancêtre d'Everly mort depuis longtemps, avec trop de médailles et pas assez de menton. Elle avait l'air plus petite que d'habitude. Ou peut-être simplement plus âgée.

La pièce était froide – pas à cause de la température, mais de l'histoire. Même les chaises en velours avaient l'air de porter un jugement.

Annabel prit la chaise en face d'elle.

« Vous auriez pu le lui dire. »

Clarissa ne broncha pas. « Je l'ai fait. Elle n'a tout simplement pas écouté. »

« Vous avez laissé le diagramme à un endroit où quelqu'un pouvait le trouver. »

« Je pensais que ça lui ferait peur. La forcer à
agir.

« C'est le cas, » a déclaré Annabel. « Mais pas
de la manière dont vous vous y attendiez. »

Clarissa soupira.

« Elle a changé d'avis. À propos de Juliette. À
propos de tout. Il a dit que j'avais eu mon temps.

« Elle avait raison. »

« Je sais. »

Evie entra tranquillement, portant une
enveloppe scellée.

« Nous l'avons trouvé dans sa commode. Il
vous était adressé. »

Clarissa prit son temps.

Elle l'a ouverte.

À l'intérieur : une lettre. Pas de fioritures. Pas
d'adieu. Une seule phrase, écrite de la main acérée
et oblique de Vera.

Le souffle de Clarissa s'arrêta. Pas fort. Juste assez pour fendre l'air autour d'elle. Elle toucha le bord du papier comme s'il allait se meurtrir.

« Je l'aimais, » a-t-elle dit.

« Je sais. »

« Elle n'aimait personne. »
Annabel inclina la tête.

« Elle adorait Little Firling. À sa manière. Elle adorait le nom. La maison. La performance de l'héritage. »

Clarissa eut un sourire amer. » Et vous. Elle vous admirait. »

« Elle admirait tous ceux qui lui disaient la vérité. »

Clarissa plia la lettre et la glissa dans sa poche.

« Et maintenant ? »

« Vous nous aidez à terminer ce qu'elle a commencé. »

« Faire tomber Hale ? »

Annabel hocha la tête.

« Vous êtes un témoin. Une voix. Un lien avec son passé. »

Clarissa se leva lentement.

Elle avait l'air plus grande maintenant, pas plus fière, mais moins effrayée de s'estomper.

« J'ai toujours voulu un rôle. »

Evie sourit.

« Vous en avez un. »

Chapitre 15

Tout s'est mis en place plus rapidement que prévu.

Rafe, autrefois peu coopératif, lui donnait maintenant accès à des dossiers financiers – partiels, expurgés, mais révélateurs. Les contrats de restauration ont été retracés à une branche inexistante de Plume Events. La camionnette de restauration avait des plaques périmées. Le chauffeur, Liam, a identifié l'homme qui l'avait payé en espèces comme étant « pas le vrai nom de l'homme, mais ses yeux étaient froids ».

Et la lettre de Vera, scellée et maintenant correctement déposée chez Grantham, était le poids final.

Elle a nommé Rupert Hale.

Pas avec accusation.

Mais avec certitude.

« Il croit que le pouvoir est une forme d'héritage, » a-t-elle écrit. « Et donc, j'ai repris ce qui m'appartenait. »

Les mots n'ont pas fait rage. Ils n'ont pas plaidé. Ils ont simplement atterri – lourds, définitifs, sans peur.

L'agent Oakes est arrivé dans le bureau du vicaire juste avant le déjeuner, tenant le microfilm comme s'il allait mordre.

« J'ai contacté l'unité de fraude métropolitaine, » a-t-il déclaré.

Annabel hocha la tête. « Vous aurez besoin d'alliés. »

« J'aurai besoin d'un bélier. »

« Vous en avez un. »

Elle posa l'anneau et la clé sur la table.

Ils ne ressemblaient pas à des armes. Mais Oakes a tout de même pris du recul.

« La malle dans le coffre-fort de Grantham confirme tout. »

Oakes expira lentement.

« Et tu es sûr que ça va tenir ? »

Evie s'appuya sur le rebord de la fenêtre.

« Il a été protégé pendant trop longtemps. Mais Vera a jeté les bases. Nous sommes en train de terminer la maison. »

Oakes hocha la tête.

Puis s'est retourné pour partir.

En passant devant Perséphone, assise comme une gargouille à côté du plateau de thé, il hésita.

Elle cligna des yeux vers lui.

Lent.

Sinistre.

Comme si elle l'avait jugé et l'avait trouvé... la plupart du temps tolérable.

Oakes redressa son col.

Et il est parti.

***

La maison était calme.

Pas paisible. En attente.

Le genre de silence qui précède une tempête – non pas dans le ciel, mais dans les pièces où les héritages sont réécrits.

Juliette vérifia la serrure de la porte latérale.

Evie disposa les dossiers sur la table du salon comme des armes en velours.

Annabel se tenait près de la fenêtre.

« Je ne pensais pas que ce serait ce soir, » dit-elle doucement.

« Ils viennent toujours au coucher du soleil, » a répondu Evie. « Quand ils veulent être vus. »

Perséphone, perchée sur le dossier d'un fauteuil, secoua une fois la queue.

Puis, des phares ont balayé l'allée.

Et le moment est arrivé.

Chapitre 16

Rupert Hale est arrivé sans prévenir.

Sa voiture – élégante, noire et nettement inadaptée aux ruelles pavées de Little Firling – s'est arrêtée devant Everly House juste après le coucher du soleil. L'air à l'intérieur s'était épaissi, comme si les murs eux-mêmes reconnaissaient un intrus.

Il est sorti comme s'il était le propriétaire de l'endroit. D'une certaine manière, il l'était presque.

Annabel l'attendait dans le salon, Evie à côté d'elle. Juliette s'attarda près de la cheminée, pâle mais stable.

Perséphone était assise au sommet du buffet, la queue recourbée comme une ponctuation.

Hale ne s'est pas donné la peine de saluer.

« Je suppose que vous pensez que vous avez gagné. »

« Je ne joue pas votre jeu, » a répondu Annabel. Sa voix était calme, mais ses doigts se resserraient sur le bord de la chaise.

Il a ri – vif, sans joie.

« Tout le monde joue. La différence, c'est qui le sait. »

Evie s'avança.

« Vera savait. C'est pourquoi elle a laissé la lettre. Les preuves. »

« Elle est sortie de la paranoïa. »

« Elle a laissé des preuves, » dit Annabel. « Des actes. Signatures. Microfilm. »

La mâchoire de Hale se resserra.

« Rien de tout cela ne tient devant le tribunal. »

« Mais ça tient la route dans Little Firling, » a déclaré Annabel. « Et au Parlement. Et dans la presse.

Juliette prit alors la parole, d'une voix claire et ferme.

« Vous n'avez plus le contrôle de nous. »

Hale se tourna vers elle, quelque chose vacillant derrière ses yeux.

« Votre tante a toujours été sentimentale. Elle vous a laissé un gâchis. »

« Non, » a dit Juliette. « Elle m'a laissé la maison. Et la vérité. »

Perséphone se leva. Ses yeux, dorés et brillants, ne clignotaient pas – le regard de quelque chose d'ancien, de félin et de peu impressionné.

Elle sauta à terre. Elle a marché sur le tapis et s'est assis aux pieds de Hale. Levant les yeux. Silencieuse. Sans cligner des yeux.

Hale tressaillit.

C'était léger.

Mais c'était suffisant.

Et la salle le savait.

Chapitre 17

L'arrestation a eu lieu trois jours plus tard.

Pas au milieu de la nuit – Hale ne l'aurait pas permis – mais en pleine lueur de l'après-midi, avec la presse qui attendait au bas de la colline et Oakes debout plus droit qu'il ne l'avait jamais fait de sa vie.

Contrefaçon. Fraude. Coercition. Vol historique.

Les accusations se lisent comme la préface d'un best-seller d'un vrai crime.

Clarissa a fait une déclaration. Grantham aussi. Juliette a soumis l'arbre généalogique. Rafe, de manière inattendue, a vérifié les écarts financiers. Même Liam – tremblant et pâle – a témoigné par appel vidéo.

Annabel passa ses doigts le long des épines des registres de la succession d'Everly, dont leurs cuirs se fendaient comme la surface de vieux secrets. La plupart des volumes avaient été classés avec un soin méticuleux – actes de fiducie, évaluations d'œuvres d'art, registres de donations. Et pourtant, un dossier n'avait pas sa place.

Il était plus mince que les autres. Pas d'étiquette sur le dos. Entre « Dépenses de propriété, 1981-1990 » et « Planification de gala : édition tricentenaire ».

Elle le retira lentement.

À l'intérieur : une seule page déchirée. Manuscrit. À peine lisible, mais indubitablement de Vera.

« *Si quelqu'un le demande, il n'est jamais né ici. Il n'a jamais été nommé. Mais s'il revient, vous le reconnaîtrez par l'anneau.*

Annabel se figea.

Pas de date.

Pas de signature.

Juste un post-scriptum, griffonné dans la marge :

Ne le dites pas à Juliette. Pas encore.

« Evie, » appela-t-elle.

Evie apparut dans l'embrasure de la porte, tenant une boîte de bonbons à la menthe à moitié vide. « Ne me dites pas que nous avons trouvé un héritier fantôme. »

Annabel leva la page.

« Pas un fantôme. Mais peut-être une ombre. »

Evie gémit. « Je déteste les ombres. Ils ne sont jamais simples. »

« L'héritage non plus. »

Perséphone, qui s'était recroquevillée dans un coin de fenêtre, ouvrit un œil.

Le regard disait : *Oh non, pas encore.*

Annabel plia le billet, le glissa dans sa poche et murmura : « Les secrets résonnent toujours. Certains mettent tout simplement plus de temps à trouver leur voix. »

***

Annabel trouva Mrs. Gilchrist exactement là où elle l'attendait : en train de polir l'argenterie dans le calme de l'arrière-cuisine de la maison Everly au crépuscule, sa posture aussi droite que les chandeliers.

« Miss Deighton, » dit Gilchrist sans se retourner. « Si vous êtes ici pour parler du testament, je n'ai rien à ajouter. »

« Je suis ici pour la bague, » a répondu Annabel.

Cela a fait s'arrêter le chiffon de vernis – pendant un battement de cœur.

« Beaucoup de bagues dans cette maison. »

« Celle-ci déverrouille un coffre-fort. Une que Vera a laissée derrière. Et une note suggérant que quelqu'un d'autre pourrait avoir une réclamation. »

Mme Gilchrist se retourna enfin, son visage aussi illisible que le labyrinthe de haies de jardin.

« Elle n'a jamais fait confiance aux banques, » a-t-elle déclaré platement. « Elle disait que le caveau n'était destiné qu'aux choses que les vivants ne savaient pas porter. »

« Et le garçon ? »

Un silence assez épais pour être tranché.

« Elle m'a dit une fois, dit lentement Gilchrist, que toutes les dettes ne sont pas en argent. Certains sont des noms. Certains sont des disparitions. »

Annabel s'approcha.

« Elle a caché un nom. »

« Elle *en a protégé* un, » a corrigé Gilchrist. « Il y a une différence. Ce garçon est né dans la honte et le silence – et Vera a juré qu'il ne souffrirait jamais pour ses erreurs. »

« Était-il un Hale ? »

La mâchoire de Gilchrist se serra. « Il était à elle. »

Pas plus. Pas moins.

Annabel hocha la tête une fois. « S'il revient ? »

« Alors vous feriez mieux de prier pour qu'il ne ressemble en rien à son oncle. »

Elle reprit le vernis et retourna à son travail.

***

Deux jours après l'arrestation, la première camionnette satellite est arrivée en milieu de matinée.

À midi, il y en avait six.

Little Firling, d'ordinaire somnolent et floral, bourdonnait comme une ruche piquée par un micro à perche.

Un homme en costume de tweed se tenait à l'extérieur de la boulangerie et posait des questions sur « la dernière préférence de Lady Vera en matière de confiture ».

Trois influenceurs ont filmé une #TrueCrimeWalk à l'extérieur de la chapelle, l'un d'eux prononçant mal « Everly » de quatre manières différentes.

Annabel regardait derrière le rideau de dentelle du salon de thé, sirotant son mélange et se préparant.

Evie fit irruption, essoufflée et indignée. « L'un d'eux vient d'essayer d'interviewer Perséphone. »

Annabel n'a pas cligné des yeux. « Est-il encore en vie ? »

« À peine. Il a gratté la vérité vivante de son avant-bras. »

Ils sortirent ensemble.

Un journaliste du tabloïd Daily Truth a tenté de les coincer.

« Miss Deighton ! Pouvez-vous confirmer que les perles ont été maudites ? Et étiez-vous en couple avec l'inspecteur ? »

« Je suis, a dit Annabel, profondément attachée à ma bouilloire. »

Elles ont continué à marcher.

Derrière eux, Perséphone se pavanait sur le chemin comme un général revenant d'une bataille.

Quelqu'un a pris une photo.

Elle grogna.

La caméra a court-circuité.

Annabel sourit.

« Little Firling ne fait pas de cirque, » a-t-elle dit.

Evie ajusta son chapeau de soleil. « Mais il fait du nettoyage. »

Les perles ont été récupérées. Pas de Hale, mais d'un compartiment caché dans la camionnette de restauration, retrouvée abandonnée près d'une ferme à la périphérie de Lincoln.

Juliette les a fait polir et monter dans une exposition de style musée dans la galerie Everly.

« En prêt, » a-t-elle déclaré à la presse. « De la succession. Pour le peuple. »

Perséphone s'est vu confier le poste de gardienne officieuse de la galerie, bien qu'elle préférât le rebord de la fenêtre ouest et grondait contre tous ceux qui essayaient de la photographier.

Annabel retourna à sa chaumière avec une nouvelle série de notes, deux paniers de remerciement et la satisfaction tranquille des puzzles terminés.

Evie a repris son rôle d'archiviste du village – à la fois détective, historienne, commère.

Et pour la première fois depuis des semaines, Little Firling expira.

Le soleil printanier s'adoucit. Le jardin s'épanouit.

Et le village s'est réinstallé dans le bourdonnement de secrets non encore découverts.

Épilogue

Annabel sirotait son thé sur le porche arrière, un châle de laine sur les épaules et des mots croisés sous un coude. Les mots croisés n'étaient qu'à moitié terminés – quelque chose à propos de l'argot d'observation des oiseaux et des biscuits britanniques obscurs – mais elle était plus concentrée sur la vue.

Le jardin bourdonnait à nouveau. Pas en chuchotant, en ne ruminant pas, en fredonnant. Les oiseaux se disputaient dans les haies. Une abeille a flirté avec un dahlia. Le monde, pour une fois, ne gardait pas de secrets.

Evie est sortie du chalet avec une boîte étiquetée « ARCHIVES – NE PAS BRÛLER, » marmonnant à propos du manque d'alphabétisme dans les registres d'histoire locale.

« Quelqu'un a un jour signalé l'observation d'un monstre marin sous *Cabbages,* » a-t-elle annoncé. Nous sommes une nation de fous.

Perséphone était assise au sommet de la balustrade, la queue battante paresseusement, les yeux fermés dans un rayon de soleil. Elle ne dormait pas. Elle ne dormait jamais quand des mystères se préparaient, elle reposait seulement ses yeux pour juger.

« J'ai réfléchi, » a déclaré Annabel.

Evie s'arrêta. « Oh mon Dieu. »

« Nous devrions le rendre officiel. »

« Le podcast ? »

« Non, le registre. Un vrai registre. Les archives du puzzle de Little Firling. Un journal vivant de toutes les bizarreries non résolues, des crimes possibles et des contes populaires curieux. »

« Avec des rubans ? »

« Et des fiches. »

Evie sourit.

Perséphone s'étira.

Puis, avec beaucoup de drame, la chatte tourna la tête vers la porte.

Un facteur s'approchait. Ce n'est pas leur habitude – cet homme marchait avec une posture prudente, comme s'il portait des secrets fragiles au lieu de colis.

Il tendit à Annabel un mince paquet. Pas d'adresse de retour. Juste un sceau de cire estampillé de ce qui ressemblait à un coup de pinceau et à un point d'interrogation.

Evie regarda par-dessus son épaule. « On dirait que quelqu'un veut que nous participions à cette retraite artistique après tout. »

Annabel ouvrit le colis.

À l'intérieur : un croquis. Délicat. Sauvage. Et dans un coin, à moitié effacée – la forme d'un visage que personne n'avait encore nommé.

Perséphone sauta à terre.

Elle renifla le papier.

Puis il se tourna brusquement vers les treillis de roses, les oreilles tremblantes.

Annabel se leva.

Un autre murmure.

Un autre secret.

Un autre coup de pinceau sur la toile de Little Firling.

Elle se tourna vers Evie.

« D'accord ? »

Evie prit son carnet.

Perséphone trottait en avant.

Et ensemble, elles sont entrées dans le mystère suivant.

Perséphone marchait seule sous la glycine.

Le village dormait. Les humains rêvaient de leurs rêves confus, encombrés de souvenirs et de bêtises. Mais l'air nocturne murmurait des vérités plus claires : le bruissement des feuilles, les empreintes lointaines de renards et le parfum du changement qui s'y répandait comme un brouillard marin.

Elle bougeait comme de l'encre dans l'eau.

Silencieuse. Certaine.

L'Everly House se dressait derrière elle, lourde des échos de ce qui avait été enterré, révélé, réarrangé.

Elle s'arrêta sous le cadran solaire.

Renifla.

Quelque chose s'attardait là-bas dans la terre – du vieux métal, du ruban de soie, la dernière trace de la volonté de Véra n'était pas encore lue.

Perséphone était assise. Regardait. Attendait.

De l'autre côté des champs, le vent tirait sur les haies. Quelque part, un hibou a appelé – bas et avertissement.

Perséphone ne répondit pas.

Elle n'était pas une proie.

Elle était l'observatrice entre les mondes. Entre bougie et indice. Entre plateaux à thé et vérités.

Demain, les humains retourneraient à la routine.

Annabel égarerait à nouveau ses lunettes de lecture. Evie marmonnait à propos des mauvais systèmes de classement. La bouilloire sifflait. Les archives bâillaient.

Mais quelque chose d'autre s'en venait.

Le chat le sentait.

Une ondulation sous le treillis de roses. Une esquisse laissée inachevée. Un mensonge chuchoté à la térébenthine.

Perséphone se leva.

Elle se tourna vers l'est, où le matin se lèverait derrière les collines, et marcha, sans se presser, sans chasser, juste prête.

Parce que la paix n'était qu'une pause.

Et quelqu'un oublierait vite que Little Firling se souvient de tout.

Surtout la chatte.